문재인입니다

# 문재인입니다

집으로 돌아왔습니다

원작 다큐 영화 《문재인입니다》

더휴먼

# 야생화에 꽂힌, 이상한 대통령 문재인

북악산 자락에 자리 잡은 청와대의 모습이 보인다. 참모들과 함께 양복 상의를 벗어들고 조금은 편안한 차림으로 정원 산책에 나선다.

인터뷰 —
**김의겸**(전 청와대 대변인)

정치인으로서의, 대통령으로서의 문재인 대통령은 그렇게 행복해 보이진 않았어요. 그런데 오히려 잠시 점심을 먹고 나서 산책을 다닌다거나 할 때……

**김상조**(전 청와대 정책실장)

갑자기 "저 꽃이 뭔지 아십니까?" "저 풀이 뭔지 아십니까?"

**문재인**

여기도 꽃들이 피었잖아요. 이게 잘 안 보이죠? 이거는 제비꽃이고요, 제비꽃이 원예용으로 개량된 게 팬지(예요). 매의 발톱처럼 생겼다고 해서 이름이 매발톱이에요. 이건 왜 붓꽃이냐? 피기 전의 봉우리가, 지금 이 상태가 붓 같다고 해서. 붓처럼 생긴 거예요. 그래서 붓꽃이에요. 펼쳐지면 이제 (붓이 아니고).

**박수경**(전 과학기술보좌관)

또 항상 물어보세요. 이것은 뭔지 아느냐, 유래가 어떤지 아느냐……. 그리고 거기(청와대 정원) 풀을 계속 바꾸세요. 똑같으면 외우면 되는데 철마다 바뀌죠. (어느 날) '대통령님, 제가 수국을 좋아하는데 수국도

종류가 참 많더라고요' 하고 뒤에서 말씀을 드린 거죠. 그런데 아무 말씀 없이 계속 걸어가시는 거예요. 제가 얼마나 민망합니까. 그래서 '내가 너무 무식한 이야기를 했나?' '들으신 건가? 듣고도 못 들으신 척하시나?' 그냥 본관 이렇게 꺾어서 어디를 가시더라고요. 그래서 저희 다 따라갔더니 '이게 목수국이다' 설명을 하시는 거예요. 이건 관상용이고 어떻게 재배하는 거고……. 수국에 대한 이야기를 쫙 해주시는데, 제가 크게 감동받았죠.

김상조    참모들 중에는 (꽃 이름을) 아는 사람이 있지 않겠습니까? 그럼에도 불구하고 대답을 안 합니다. 대답을 하지 않아야만 대통령님께서 '이때다!' 하시면서 또…….

**임종석**(전 청와대 비서실장)

대통령님은 제가 볼 때는, 사람보다는 자연이 좋은 분이에요. 동물이나 식물에 훨씬 더 애정이 가는.

한 나무 앞에 둘러서서 "측백이다, 향나무다, 아니다, 맞다" 제법 열띤 토론이 오간다.

문재인    향나무, 눈향나무.

임종석    아, 그러니까 '눈 쌓인 것처럼' 보여서 이렇게 이름이…….

문재인    '눈 쌓인 것처럼'이 아니라니까. (다들 한바탕 웃음) 누워 있다, 누운 향나무. '누워 있다, 서 있다' 그 뜻이에요.

김상조    야생화에 꽂힌, 이상한 대통령 문재인

옛날부터 야생화를 좋아했어요.
그러다 보니 자연히
관심이 나무로 넓어져서,
인생을 새로 시작한다면
나무와 함께하는 삶을
살고 싶다고 생각했죠.

움직이지 못하는
나무나 식물 들이 가지고 있는
엄청난 생명력,
심지어 일종의 정신 세계가
있는 듯 느껴지는 자연에 대해
경외감을 많이 느낍니다.

나무와 함께하다 보면
사람이 자연의 일부라는 걸
늘 인식하게 됩니다.

그것이 또 스스로를
겸허하게 만듭니다.

# Episode

드디어 제 집으로 돌아왔습니다

1

2022년 5월 9일, 대통령으로서의 청와대 마지막 퇴근길. 5년 동안 함께 수고한 청와대 직원들과 일일이 눈을 맞추며 인사를 나누고, 도로를 가득 메운 국민들에게도 손을 흔들어 인사한다.

평산마을회관 앞에도 많은 환영 인파가 기다리고 있다. 그들 앞에서 벅찬 소회를 밝힌다.

**문재인**    드디어 제 집으로 돌아왔습니다.
이제야 '무사히 다 끝냈구나!' 그런 안도감이 듭니다.
저는 이제 완전히 해방되었습니다.
자유인입니다.
제 아내와 함께 얽매이지 않고, 자유롭게 잘 살아보겠습니다!
여러분 사랑합니다!
고맙습니다!

6개월이 흐르고 인터뷰를 시작할 때는 꽤 수염이 덥수룩한 모습이다.

**문재인**    어, 나는 원래, 일하는 것보다는 노는 걸 좋아합니다. 게다가 아무것도 하지 않고 가만히 있는 것, 특히 좋아하고요. 그냥 노는 거죠. 아무 일도 안 하는 거죠. 실제로 제가 제 자신의 일에 대해서는 굉장히 게으릅니다. 지금도 제 개인적인 일에 대해서는 설렁설렁, 또는 뭐 미루고 미루고 미루다가, 코앞에 닥쳐야만 겨우 하는 그런 실정입니다.

반려견들을 데리고 참모들과 뒷산을 오른다. 멀지 않은 곳에서 시위대의 외침이 들려온다.

**문재인**    원래는 (마루가 집으로) 다시 못 돌아올 줄 알았어요. 나이가 많아서 청
와대에서 끝나겠다 했는데. 다행히 잘 돌아왔죠. 잘 못 걸어요. 그래도
마루가, 잘 못 걷는데도 꼭 선두에 서고 싶어 해요. 앞에 다른 개들이 먼
저 가면 헉헉대면서 따라잡으려고…….

밀짚모자를 쓰고서 묵묵히 삽질을 하고 땅을 고른다. 정원을 가꾸며 땀을 흘린다.

고요한 시골마을의 정적을 깨고, 시위대의 시끄러운 소리가 날카롭게 들려온다.

**박성우**(사저 비서관)

나팔꽃을 좀 심을까요? 이렇게 좀 올려도 될 것 같긴 합니다.

**문재인**     네, 좋아요.

**박성우**     나무 도감을 보면 엄나무, 음나무 이렇게도 나오더라고요.

**문재인**     중부나 서울지역에서는 '음', (음나무라고 쓰면) 음양 할 때 '음'인데, 그러면 뜻이 없어져. 우리 남부에서는 '엄나무'라고 쓰거든.

**박성우**     네 맞습니다.

**문재인**     이게, 엄하다는 뜻이에요. 이거를 옛날에는 집 현관 같은데 얹어놔서 잡귀가 범접하지 못하도록, 또는 서당 이런 데 얹어놔서 애들한테 엄격한 훈육을 상징하는…….

**문재인**     (연한 잎사귀를 들고 이리저리 살펴보며) 이걸 먹는 거야?

**박성우**     네, 씹어 보시면.

**신혜현**(사저 비서관)

진짜 먹어도 되는 거죠?

**박성우**     네, 굉장히 시큼합니다.

**신혜현**     오! 진짜 비타민 같은 맛이에요.

**문재인**     비타민 C 맛이 나네.

**신혜현**     (키 작은 식물의 풀잎을 야금야금 뜯어 먹는 토리를 보고) 이거 네가 다 뜯어 먹었구나! 아하, 범인을 잡았네. 토리 진짜 잘 먹는다, 아하하. 토리야. 이것도 다 토리가 먹은 거네. 개가 풀을 뜯어 먹는 게 사실이었네?

**오종식(사저 비서실장. 전 청와대 기획비서관)**

        줄을 맞춰서 딱 하는 게 아니야, 보니까. 빈 공간에 이렇게 이렇게.

**박성우**      두 줄 정도씩 심으면 될 것 같아요.

**오종식**      무질서의 질서 있지?

**박성우**      이게 (심어두면) 나중에는 번질 거거든요.


**신혜현**      대통령님은 '할배'시죠. 여전히 곡괭이질, 호미질, 누구보다 잘 하시는
           데, 그래도 문득문득 그 뒷모습에서 '우리 대통령님 많이 늙으셨구나,
           우리 아버지랑 똑같네,' 그런 생각이 들죠.



집 안 복도를 걸어들어가며 반려묘 찡찡이(19세)를 찾는다.


**문재인**      찡찡이! (무릎을 꿇고 안아 들며) 가자, 이리 와. 가 보자.
           (고양이 화장실 모래를 갈아주면서) 정말 많이 넜네.


**문재인**      (찡찡이가 밥 먹는 모습을 쪼그리고 앉아서 지켜보며) 얘도 옆에 있어 줘야
           잘 먹지. 개도 그렇고 고양이도 그렇고.
           (그러고 나서 조심히 털을 빗겨준다.) 가만히, 얌전히 있자.


**최수연 (사회운동가. 문변호사와 함께 사회단체 활동)**

        처음에 (양산)오셨을 때는 퉁퉁 부으셔서……. 지쳐서 완전히 기가 다
        빠진 분 같았어요. 지금은 살이 좀 빠지셔서 괜찮은데.
        처음에는 '드디어 내 집에 왔다', 첫날 밥 같이 먹었거든요. 그날은 밥이
        약간 모자라서 '밥 더 없나?' 하고 밥을 찾으시더라고요. 청와대 계실
        때는 생각보다 별로 밥맛이 없었대요.

퇴임하고 귀향한 직후부터, 지난 5년의 정책을 비난하는 보수단체들의 원색적인 시위가 시작되었다. 경찰들이 질서를 유지하려고 애를 쓰지만 역부족이다.

*개새끼한테 개새끼라고 그러는데*
*문재인을 체포하라, 살인 방조자 문재인을 체포하라*
*경찰들이 싸움을 부추기는 거야*

언양 성당. 조용하고 작은 시골마을에 종소리가 은은하게 퍼져나간다.

*"죄를 사하여 주려고*
*너희와 만인을 위하여 흘릴 피다."*

미사를 마치고 성당 밖으로 나온 신도들이 문재인 전 대통령 내외를 반가워하며 뜰에서 함께 사진을 찍는다.

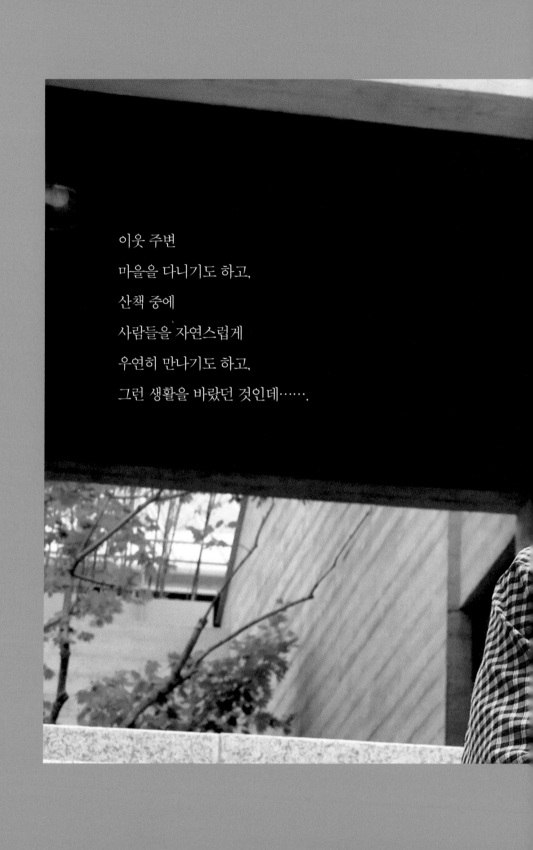

이웃 주변
마을을 다니기도 하고,
산책 중에
사람들을 자연스럽게
우연히 만나기도 하고,
그런 생활을 바랐던 것인데…….

시골 마을의 평온이 깨졌습니다.
초기엔 아주 상스러운 욕설들을
원색적으로 끊임없이 계속해서 반복했는데,
참 모욕적이기도 하고
특히 마을 주민들에게 정말 미안하지요.

시위는 누구나 할 수는 있지만⋯⋯
좀 너무나 낮은 수준의 시위가
오늘의 이 대한민국에서
마구 행해지고 있다는 생각에 좀 서글픕니다.

**문재인** 얽매이는 게 참 싫은데. 넥타이를 풀기만 해도, 복장을 좀 더 자유롭게 입기만 해도, 또는 얼마간 면도를 하지 않아도 되는 이런 것 속에 자유로움이 있다고 생각해요. 제 나름대로 자유를 만끽하는 방법입니다. 아직은 수염을 잘 다듬거나 정리할 줄을 몰라서, 그런 걸 아직 안 해봐서 그게 앞으로 숙제입니다. 좀 더 멋있게 보이게 하는 것.

다시 사저. 정원일이 한창이다.

**김정숙** 여보, 그거 살았어요? 내가 작년에 종자가 좋아서 사 놓은 거거든. 당신, 그건 뭘 심어요?

**문재인** 몰라. 뭔지 모르는데.

**김정숙** 막풀이야, 여보.

**이재종** 대통령님이 잡초를 심으신 거예요.

**김정숙** 미쳐, 미쳐.

**이재종** 저는 차마 심으시는데 말씀을 못 했어요.

**김정숙** 여보, 여기 이것도 다 했으니까 삽질해 줘야 해. 타임(꽃)은 양지 쪽으로 옮겨야 되거든.

**이재종** 대통령님 이것 좀 쪼개 주십시오, 반으로. (삽으로 반으로 갈라준다.)

**김정숙** 이거 이거.

**문재인** 어떻다고? 뭘 어떻게? (삽을 옆에 내려놓고 발걸음을 옮긴다.)

**김정숙** 여보, 삽 가져와야 해.

**문재인** (허둥지둥 다시 몸을 돌려 삽을 집어들며) 여기가 아직 안 끝났는데.

**김정숙** 여보, 이걸 전체를 떠서 저쪽 양지에 갖다 놔야 해. 타임이라고, 분홍색 꽃 피는 거거든, 빨리.

**문재인** 어디로 옮겨?

**김정숙** 저쪽으로. 저어쪽에. 여기 햇볕 많은 곳.

**문재인** 저쪽이 천지인데 저쪽이 어디야? (삽으로 떠서 들고간다.)

| | |
|---|---|
| 47     **김정숙** | 여기. 여기에다가 놔두자. 그렇게 놓으면 되겠다. 무지 잘 사는 타임 (꽃). 이렇게 (양지에) 놓으면 잘 살아. |
| **이재종** | 제가 아까 넌지시 여사님께 한 말씀 전했습니다. 도라지(심을 땅) 한 두 둑 정도는 먼저 양보하시라고. |
| **문재인** | 하하하, 이 정도 도라지 밭 하면 좋죠. |
| **이재종** | 저희가 여기에 두둑을 좀 크게 만들죠. |
| **김정숙** | 거기 밭은 안 된다. |
| **문재인** | (당황해서 부인하며) 밭이 아니라니까. |
| **김정숙** | 밭 하지 말라니까는. 밭이 아니라니까. |
| **문재인** | 누가 밭이라고 했어? |
| **김정숙** | 거기에 도라지만 키가 크게 가운데에 있으면 무슨 난리야. 꽃 피는 것 한철 보자고. |
| **문재인** | 도라지 심는 게 재종 씨의 간절한 희망인데? |
| **김정숙** | (못 들은 척하고) 저쪽으로 올리세요. |
| **문재인** | 도라지를 해야 더덕도 하고 장뇌삼도 할 건데. |
| **김정숙** | 아이, 더덕도 저쪽으로 올리세요. |
| **이재종** | 어제보다는 좀 수그러지셨습니다. |
| **문재인** | 여기를 활용할 계획이 마땅치 않아. |
| **김정숙** | 여보, 거기에 아무것도 심지 말고 내버려 둬. 꽃 심을 거니까. |
| **문재인** | 꽃 심자고? |
| **김정숙** | 제발 좀. 당신 (다른 꽃도) 저렇게 많이 다 하고 있잖아. |
| **문재인** | 그러니까 도라지 꽃 심자고. (다 같이 웃음이 터진다.) 그럼 무슨 꽃 심을 테야? 여기 구절초 심어놓을까? |

| 문재인 | 아내도 처음에는 전기 하나 고장 나거나 못 하나 칠 일 있어도 (나를) 내도록 기다리다가 '여보, 여보, 여보' 하면서, 지네 같은 것 방 안에 들어와도 처음에는 '여보, 여보' 하면서 숨넘어갈 듯이 나를 찾더니, 나중에는 나 없으면 슬리퍼로 막 탁하고 (잡고). |
|---|---|
| 문재인 | (도라지를 심으려고 만들었던 두둑들을 급히 없애면서) 우리가 욕심을 많이 부렸어. (도라지 밭을) 여기까지만 삭 해야 됐는데. |
| 이재종 | 선을 너무 야심차게 그었어요. |

한바탕 밭일이 끝나고 평상에 누워 망중한을 즐기는 오후. 시위 소리를 뚫고 전 청와대 참모들이 방문한다.

**전 청와대 참모1**

대통령님 저희 왔습니다.

**전 청와대 참모2**

(평상에 둘러앉아 있는데 가운데로 토리가 들어온다.) 아, 토리다.

**이진석(전 청와대 국정상황실장)**

청와대에 있을 때보다 엄청 밝아졌어.

| 문재인 | 인마 이게 나한테만 (발라당)하는 줄 알았더니 아무한테나 하네. (일동 웃음) 사람이 지겨워져 그만둬서 그렇지, 가만히 있으면 끝까지 해요. |
|---|---|
| 이진석 | 진짜 가만히 있네. |
| 참모1 | 정말 많이 바쁘셨을 것 같습니다. |
| 문재인 | 아니, 하루가 엄청 길어요. 잠은 여전히 늦게 자는데, 새벽 되면 빨리 밝아지니까 일찍 깨지, 회의 없지, (일동 웃음) 신문 안 보지, (또 한차례 웃음) 이러니까, 하루가 막 엄청 길어. |
| 이진석 | (국정)상황실장도 없고. |
| 참모2 | 9시에 상황실장 부르세요. |

자연인으로서
　　잊혀지기란 불가능한 일이지만,
　　정치인으로서는 잊혀지고 싶었습니다.

현실 정치 속으로

저를 소환하지 않기를

바란다는 뜻이었는데…….

모두들 함께 담벼락 안쪽 뜰에 쪼그려 앉아 꽃을 심는다.


**문재인**     토리 이리와. 야, 꽃이 있으니까 정말 좋다.



격한 시위대 소리. 담장 곁에 서서 묵묵히 듣는다. 한 경찰관이 귀를 틀어막고 괴로워한다.


*니가 민주주의를 아나?*
*문재인이 들고 가라고, 들고 가!*
*문재인은 (특활비를) 공개하라*
*문재인 체포해라*
*저년이 옷을 180벌을 나랏돈을 해 입고도, 그것도 모자라서 청와대 그릇을 다 가져왔대*
*니가 그렇게 사랑하는 북한으로 가, 개새끼야*
*왜 청와대에 살았느냐, 국민 세금으로 왜 청와대에 살았느냐*


**문재인입니다**

제가 정치를 결심한 이유는
대한민국 주류를 바꾸고 싶어서였습니다.


이제 정치의 주류는 국민이어야 합니다.
권력의 주류는 시민이어야 합니다.
그래서 국민이 대통령입니다.

# Episode

청와대에서의 5년

## 2

전문가들의 의견을 듣고

보고서를 봐도 알 수 없는 경제 현장이 있죠.

그런데 하물며 그 보고서들마저

제대로 살피지 않는다면

그런 오류는 훨씬 많아지게 되고,

대통령이 제대로 일하지 않으면 그냥 국정이 마비되는 것입니다.

대통령은 극한 직업입니다.

게다가 우리 정부는 위기의 연속이었잖아요.

처음 시작할 때는 북핵 또는 미사일 위기,

그 이후에는 일본의 수출 규제,

또 그 이후에 코로나라는 전대미문의 위기가 있었는데,

그런 위기들을 극복하고

극복을 넘어서 오히려 기회로 반전시켜 내려면

굉장히 많은 노심초사,

그리고 노력이 필요하죠.

**윤건영**(전 청와대 국정상황실장)

가장 아쉬웠던 부분이 인수위가 없었던 겁니다. 2017년 5월 9일 선거가 있고 바로 다음 날, 5월 10일 새벽부터 대통령 임기가 시작됐죠. 시간이 절대적으로 부족했습니다. 그런 와중에 북한은 미사일을 연일 쏘아댔고요.

**최종건**(전 국가안보실 비서관)

거의 지하에서 생활을 많이 했거든요. 위기관리센터, 소위 벙커라고 하는 곳에서. 그리고 대통령님이 주재하는 NSC(국가안전보장회의)나 상임위원회나 전체 회의 때 소위 '잘 있었어?'라고 인사할 만한 상황이 아니었어요.

**송인배**(전 청와대 제1 부속비서관)

점심에 행사가 있는 게 아니면 처음에는 저와(둘이) 식사를 했습니다. 왜냐면 식사를 20분 안에 끝내야 했거든요. 그때 제가 할 일은 딱 하나였습니다. 대통령님을 크게 한 번 웃게 해드리자.

**김상조**

제가 정책실장입니다만, 정책실에서 수많은 보고 문서들이 만들어지지 않겠습니까? 저도 다 읽어보기가 어렵습니다. 그런데 대통령께서는 거의 다 보시더라고요. 사실은 읽어보면 확인이 되고요, 많은 경우는 코멘트를 남기십니다.

**최종건**

대통령님 눈이 충혈돼서 나오셨더라고요. 왜냐하면 도착하신 다음 날, 우즈베키스탄 대통령과 정상회담을 해야 돼요. 호주 일정을 마쳐서 쉬셔야 하는데, 우즈베키스탄 자료를 보면서 오신 거예요. 쉽지 않거든요. 흔들리는 비행기 안에서 10시간을. 여유 없는 호주 일정을 마치고요. 여사님이 옆에서 한숨을 길게 쉬시더라고요. '계속 자료 보셨다'고.

**윤재관**(전 청와대 국정홍보비서관)

열 개가 넘는 일정이 있었던 날인데, 그 일정을 다 끝내고 나서, 저희들으라고 하신 게 아니고 거의 혼잣말로 '힘들다, 아 힘들다.'

**임종석**

후보 시절에 어느 언론과 긴 인터뷰를 한 적이 있어요. 마지막 질문이 뭐였냐면 '대표님은 정치하면서 정말 힘들 때 어떻게 푸십니까?' 제가 배석해 듣고 있었는데, 뜻밖의 대답을 하시는 거예요. '예, 뭐, 참습니다.' 기자 입장에서 너무 웃긴 거예요. 한바탕 웃더니 '그래도 정말로 힘드실 때는 어떻게 해결하십니까?' '그래도 참습니다.' 이러시더라고요.

**조한기**(전 청와대 의전비서관)

여사님은 안절부절 옆에 계시고, 대통령님은 정장을 하시고 행사를 위해 내려오셨는데, 땀을 막 흘리시는 거예요.

**김의겸**

주치의가 오셨는데 열을 재보니까 39도 막 이렇게.

**임종석**

와이셔츠가 거의 다 젖었더라고요. 저도 너무 놀랐죠. 근데 진짜 쇠심줄이시죠. 아니, 말씀이 잘 안 되는데 어떻게 행사를 갑니까? '아니요, 그냥 갑시다' 이러시더라고요.

**조한기**

임종석 실장이 부속실장한테 막 화를 내면서 '왜 모시고 내려왔나?'

**임종석**

고구마가 든든하기만 한 건 아니에요. 답답할 때도 많죠.

**강경화**(전 외교부 장관)

좀 답답한 건 있었어요. 왜냐면은 호불호를 내색을 안 하시니까요. 그런데 본인은 마음으로 다 생각하시고 결정을 하세요. 결정한 부분에 대해서는 절대로 양보 안 하시고요.

Episode ── 2

**김수진**(전 청와대 사진기록행정관)

취임 백일 날 아침이었는데, 거창하게 축하하거나 이런 건 싫어하실 테니까 작은 케이크라도 드리자 해서, 직원들이 아침에 집무실에서 기다리고 있었습니다. 대통령님이 출근하셔서 집무실에 들어와서 분명히 저희랑 케이크를 보셨거든요. 그런데 쓱 지나가시더라고요. 지나가면서 딱 한 마디 하셨어요. '난 그런 거 안 할 거야.' 그러고는 책상으로 가서 재킷을 걸고 신발을 실내화로 갈아신고 앉아서 자료를 보기 시작하시더라고요. '참 문재인답다' 생각했었습니다.

**이진석** 저는 대통령님께 칭찬받아 본 기억이 별로 없어요. 어떤 때는 (보고를) 마치고 대통령님의 표정을 보면, 이것에 대해서는 좀 만족하시고 흡족해 하시는구나, 짐작은 할 수 있었지만.

**오종식** 열심히 한 사람으로서는 좀 서운하죠, 그렇잖아요. 우리 일하는 사람들한테는 그런데, 국민 만날 때 눈빛은 왜 이렇게 따뜻한지 모르겠어요.

**신동호**(전 청와대 연설비서관)

한 나라의 대통령으로서 모든 사람을 가장 평등하게 대하는 방법이 곁을 주지 않는 거라고 저는 생각하거든요.

**송인배** 그럴 수밖에 없습니다. 정점에 서 있는 대통령, 정점에서의 자기 역할을 분명히 알고 있는 대통령님의 모습은 갈린 칼 같습니다. 퍼렇게 갈려 있는데, 옆에 서 있다가 베일 것 같은 느낌.

**이진석** 쉬고 싶다, 그 생각을 많이 했었습니다. 힘들었지만 힘들어서 일을 그만하고 싶다는 이야기를 입 밖에 꺼낼 수가 없었던 것이, 저희보다 더 힘드신 분이 대통령님.

始

**Episode —— 2**

**최성준**(전 청와대 기동비서관)

내가 아무리 힘들고 어려워도 이가 빠질 정도는 아니거든요. 무슨 일을 당했어도, 힘들게 일을 했어도 치아까지 빠질 정도로 되는 사람이 과연 몇 명이나 있을까요. 그런데 얼마나 정말 인내하면서, 고심하면서 이 일을 해결해 나가려고 노심초사하시다가 치아가 빠질 정도의 모습에서, 그것만으로도 그분은 존경받아야 한다는 생각이 들거든요.

**정은경**(전 질병관리청장)

스트레스 받을 때는 '나는 (이 일을 다) 마치면 뭐 해야지,' 그런 생각으로 스트레스를 풀었던 것 같아요. 그때 생각했을 때 (퇴직하면) 가장 하고 싶었던 건, 그냥 걷는 것? 대통령님께서 퇴임하면 뭐 하고 싶으시냐는 질문에, 신년좌담 하실 때 '잊혀진 존재가 되고 싶다' 이런 말씀 하셨는데, 그걸 딱 듣는 순간 저도 많이 공감했어요.

일반 국민, 그러니까 서민들이
말로는 주권자라고 하지만
실제로는 통치의 대상으로 취급되던
그런 시대를 우리는 겪어왔습니다.

그런 걸 바로잡고 싶었습니다.
한국 사회의 근간으로 제대로 대접하고,
주권자답게 권한을 드려야 한다……

그걸 '주류를 바꿔야 된다'라는 말로 표현한 겁니다.

# Episode

평산 시골마을의 일상

3

| 문재인 | 움직이지 못하는 나무나 식물 들이 갖고 있는 그 엄청난 어떤 생명력, 심지어 일종의 뭔가 좀 정신 세계가 있는 것 같은 느낌이 들 정도로, 이 자연에 대한 경외감 같은 것을 많이 느끼게 되죠. 그것이 또 스스로를 좀 겸허하게 만드는 그런 점도 있고요. |

휴대전화로 꽃의 사진을 찍어서, 꽃 검색앱으로 이름을 찾는다.

| 김정숙 | 세이지, 세이지(꽃). |
| 문재인 | 응? |
| 김정숙 | 세이지, 세이지. |
| 문재인 | 세이지? |
| 김정숙 | 응, 세이지. |

| 신혜현 | 대통령님, 여기 돌담에 이렇게 예쁜 꽃이 피었어요. |
| 문재인 | 며느리밥풀꽃 조그마한 거네. |
| 신혜현 | 이름이 '주름잎'이래요. |
| | 웹사이트 꽃 검색 없었으면 어쩔 뻔했어? |

| 최수연 | (꽃 이름) 안 맞는 것도 있는데 우기실 때가 있어요. 하하. '대통령님 그게 아니라고 했잖아요' 이러면 '그, 그, 그, 그럴 때도 있고 뭐.' 하하하. |

| 문재인 | 후피향(나무이름표를 진지하게 새기면서 읊조린다). |

| 문재인 | 들판에서 또는 산길에서 야생화를 보면 아주 사랑스럽고 예쁘죠. 잘 모르고 봐도 그냥 예쁘기는 합니다. 그러나 그 이름을 알고 이렇게 보면 훨씬 더 예쁘게 다가오고, 무심히 지나치지 않고 바라보게 되지요. |

**최수연**  꽃이 필 것 같은 풀들은 절대 안 뽑으시고 '이것 봐라, 이게 풀인데 얘하고 재하고 연대한다, 연대하면서 꽃을 피운다, 자기가 꽃인 척한다, 풀이라고 불리지만 사람들이 풀이라는 이미지를 씌운 것 아닌가, 이것(잡초의 꽃)도 꽃인데 예쁘잖아.'

**신혜현**  어제 (토리한테) 물리신 건 좀 어떠세요?

**김정숙**  나는 다행히 피부 속까진 안 들어갔어. 손가락 전체를 물었는데 괜찮은 것 같아.

**문재인**  할머니를 왜 물었어, 응? 너 훈련사한테 가서 훈련받아. 복종, 복종! 충성, 충성!

**문재인**  방치된 개를 구조했는데, 사람들이 검은 개가 좀 불길하다고 아무도 입양을 안 한 거예요. 그 상태로 3년이 흘러갔대요. 아직 그때의 트라우마가 있는지 약간 불안해 하는 게 있는데, 불안하지 않은 관계가 되면 다른 사람들이 만져줘도 굉장히 좋아합니다.

**신혜현**  대통령님은 말 못 하는 짐승들과 식물들에 대한 애정이 있으신 것 같아요. 얘네들이 나한테 지금 어떤 이야기를 해주는 거지? 이런 것들을 혼자 이렇게 유심히 보시는 것 같습니다.

사람들과 항상
일정한 거리를 둔다는
지적을 받곤 합니다.

거리가 허물어져 버리면 업무의 엄정성이랄까,
그런 것이 무너질 수 있다고 생각했거든요.
제가 사교성이 부족한 것도 맞고요.

**문재인**    야아, 드디어 의자가 나왔다!
(강아지들을 가리키며) 요 송강이는 이름이 '수호지'의 두령, 양산박의 두령인 송강, 그 이름이에요. 여기 양산이, 양산박 할 때 양산과 같은 한자야.

**문재인**    2018년에 데려왔죠. 만 4년 같이 있었네요. 김정은 위원장이 풍산개가 북한의 천연기념물 보호종이라고, 그 가운데서도 가장 우량한 우수 품종을 선물하는 거라고 자랑했었고.

**문재인**    얘가 송강이에요.

**문재인**    그 두 마리를 암수를 받았는데, 내려와서 보니까 뜻밖에 곰이가 임신을 하고 있었어요. 곰이는 내가 새끼를 두 번 받았는데, 두 번째는 저녁부터 아침까지 새끼를 여섯 마리 낳고는 수의사가 더 이상 새끼가 없다고. 그래서 다 끝났다고 정리를 했는데, 그 후 점심 무렵에 혼자서 한 마리를 더 낳았어요.

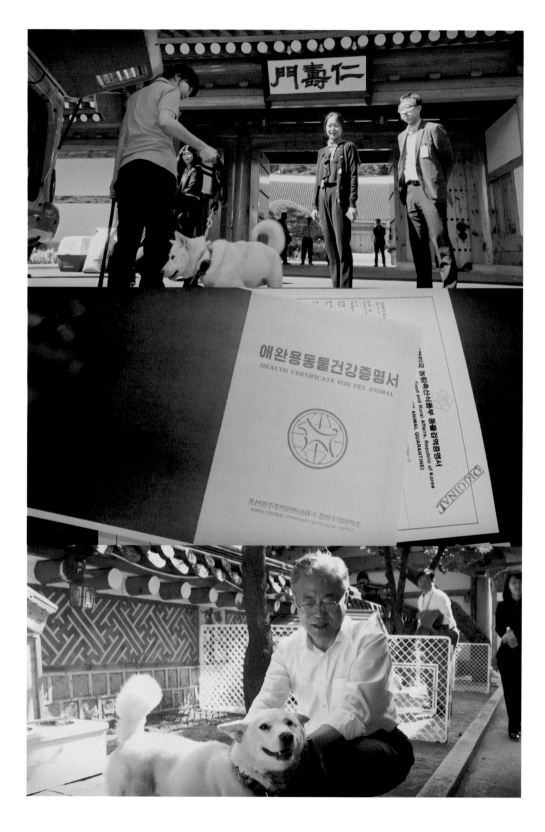

사저 정원. 방문객들과 편안하게 담소를 나눈다

**문재인**        이쪽은 열무일 거고 저쪽은 당근(심었어요).

**전 청와대 참모1**   청양고추다, 세상에.

**전 청와대 참모2**   토란도 있다.

**전 청와대 참모3**   이거 그냥 기름에, 마늘에 볶다가 굴소스만 뿌려도 맛있어.

**문재인**        이건 더덕을 옮겨심으려고요.


시위대의 험악한 구호 소리가 들려온다. 욕설과 상소리가 그치질 않는다.


*자유 대한민국 만세*

*빨갱이 때려잡자*

*체포해 체포해 체포해, 문재인을 간첩으로 체포해*


*원자력을 영화 한 편 보고 폐쇄시켜 놓고*

*지금 와서 (원자력이) 50년 먹거리라고? 나쁜 새끼야*

*이인영을 통일부 장관에 앉혀놓고 나라 백성 돈 걷어서 이북에 갖다 주라고 했지?*


**주민**        소나기나 좀 왔으면 좋겠다, 어제처럼. (시위대) 도망가게.


**최수연**       어떤 때는 당신도, 5년 하고 내려왔지만 지금 내가 어느 지점에 있나, 이런 생각을 하는 때가 조금 있는 것 같아요. 그렇게 밤잠을 설쳐가며 했던 게 어느 순간 바닥을 치는 게 보이니까 본인은 너무 허무하고, '이렇게 가는 건가' 이런 생각을 하시는 날도 있는 것 같아요. 어떤 날은 말 걸기가 조금 어려운 날도 있어요. 그런 날은 사람으로서 참 안됐다, 그런 생각이 가끔 들어요.

**주민 대표**    평산마을 주민들은 더 이상 고통을 참기 어렵습니다.

문재인 전 대통령께 쏟아지는 상스러운 욕설을 이제는 막아 주십시오.

평산 주민들은 국민 여러분께 도움을 요청합니다.

"평산 마을에 평화를!""우리들의 평화와 일상을 돌려주세요!"라고 쓰인 현수막이 내걸린다. 하지만 시위대의 확성기가 내뿜는 "찢어버려!" 험악한 구호와, 지지자의 "사랑해요, 문재인" 우렁찬 외침이 더 어지럽게 섞여서 울려퍼진다.

**문재인**    (바람을 맞으며 홀로 묵묵히 밭의 작물을 돌보고 있다.)

**오종식**    아무리 시끄러워도 뚜벅뚜벅 밭농사를 지어요. 밖에 나가서 일을 하세요. 그래 떠들어라, 나는 내 일을 한다. 내 길을 간다……. 당신이 계획한 하루의 일정을 뚜벅뚜벅 하세요. 자신의 삶을 지키는 길이기도 하고, 퇴임 후의 삶을 보장하는 길이라고 생각하시는 것 같아요.

바람 소리, 빗소리가 세상을 가득 채운다.

시스템이 굉장히 중요합니다.
시스템에 의해서 움직이는 것이 필요해요.
시스템이 만들어져 있으면
반드시 그것이 필요한 이유가 있는 것입니다.
시스템을 좀 더 존중하고
활용하는 사고를 가져야 하는데,
그러려면 시스템이 얼마나 중요한 것인지를
인식해야 돼요.

# Episode

ㄱ

대한민국의 주권

4

**최종건**   대통령은 센 사람이에요. 문재인 대통령님은 '사람'으로서 매우 강골이
십니다. 잘 견딜 줄 아시지만, 잘 굽히지 않는 분이죠.

**강민석(전 청와대 대변인. 전 정치부 기자)**

트럼프 스타일에 제가 좀 놀랐습니다. 왜냐하면 정상통화를 하면 의전
이라는 게 있는데, 돌아가면서 인사말을 하고 통역이 전하는 과정은 필
수적인데, 우리 대통령 인사말을 통역관이 통역을 하는데 다 듣지도 않
고 막 들어오더라고요. '됐고요' 하는 식이었습니다.

**임종석**   그때 우리가 들은 이야기 중에 (트럼프 대통령이) 호주 총리와 통화하다
가 전화를 끊어버렸다고 하더라고요.

**강민석**   주한미군 주둔금을 우리나라도 분담을 하죠. 그런데 트럼프 대통령이
무려 5배 이상을 우리나라가 분담하는 비용을 올려달라.

**최종건**   그걸 보고하러 갔어요. 안보실장과 제가 같이 갔는데, 한참을 문건을
보시더니 '협상 중단하십시오. 이런 식의 협상이 어디 있습니까? 실무
진들이 다 합의한 것을 왜 대통령이 이렇게 함부로 근거 없이.' 협상을
저희가 다 중단시켰어요. 미국에 통보했고요. '협상 못 한다.' 미국은 더
난리가 났겠죠.

**강민석**   4월, 5월, 6월, 7월…… 결국 나중에 (협상이) 해를 넘깁니다. 그런
데 그동안에 대통령님은 눈 한번 깜빡하지 않으셨습니다.

언론의 보도 내용이다. "지난 주말 협상은 급물살을 탔습니다. 미국이 기존 분담금의 몇 배를 요구
하던 무리한 요구에서 물러나면서 한미 양측은 방위비분담 협상의 틀을 유지하는 방향으로 절충점
을 찾은 것으로 전해졌습니다."

한미 방위비분담 협상, 드디어 타결

**최종건**  되게 자랑스러운 순간이었어요. '미국의 불공정한 요구는 절대 받아들일 수 없다.' 동맹인데, 우리랑 어떤 일도 같이 할 수 있는 동맹이지만, 대한민국 국민의 세금과 관련되는 것이니 이것은 절대 안 된다. 원칙주의잖아요, 중요한 원칙입니다.

당시 보도된 신문의 헤드라인: **제3차 한미 방위비협상 파행 : 美, 5배 증액 vs 韓, 부응 못해**

**트럼프가 제동 걸었나 : 한미 방위비 협상 막판 다시 진통**

**한미 방위비분담 협상, 드디어 타결**

**박수경**  한미 미사일 지침이라고 해서, 우리나라 미사일은 작은 것만 개발해. '멀리 가는 건 안 돼, 무거운 것 실으면 안 돼.' 그런 제한들이 많았어요.

**박수현(전 청와대 국민소통수석)**

대통령님이 처음에 (탄두 중량을) 500킬로그램에서 두 배인 1천 킬로그램으로 제안을 합니다. 트럼프 대통령이 흔쾌하게 동의했습니다. 그런데 그 통화가 끝나고 미국 측 외교 안보 참모들로부터 우리 외교 안보 라인으로 연락해서 '우리 대통령이 잘 검토 없이 한 말씀이니 없던 일로 하자.' 그 다음 달쯤에 또 북한이 도발하고 또 통화를 하게 됐는데, 어지간하면 다시 이야기하고 싶지 않잖아요. 실무적으로 없던 일로 하자고 됐다면요. 그런데 우리 대통령께서 또 이야기를 하시는 겁니다.

**조한기**  옆에서 스피커를 끼고 듣고 있는데, 어떨 때는 정말 눈물이 나려고 할 때가 (있어요).

**박수현**  '트럼프 대통령님, 대통령님이 위대한 결단으로 지난 통화에서 탄두 중량을 두 배로 늘리기로 합의해 주셨는데, 이게 아직도 안 되고 있다'라고 단호하게 말하시는 겁니다. 트럼프 대통령은, 제가 그 통화에서 느

낀 것은, 자존심이 좀 상한 듯한 느낌이었습니다. 그러자 역정을 내면서 그거 당장 하겠다고. '두 번째로 다시 약속을 하자.' 그러면 통상 거기서는 감사하다, 뭐 이렇게 이야기하고 통화를 끊어야 하는데 우리 대통령이 '트럼프 대통령 각하, 기왕에 이렇게 위대한 결단을 내려주셨는데, 거기서 2배 더 합시다.' 그 다음 통화에서는 4배를 요구하셨고, 결과적으로 그 통화의 끝에는 '기왕에 하는 거 무제한으로 해제하자.'

**임종석**   대통령님이 어떤 일을 해결할 때 유능한 대목은, 원칙하고 인내예요. 정말 끈질기게.

**박수경**   2021년 한미정상회담에서 완전히 해제돼서. 그때 아주 타이틀이 '42년 만에 미사일 주권 회복' 이렇게 나왔었죠. 그래서 우주 산업에도 국가의 역량이 결집할 수 있는 계기가 되고 모든 제한이 없어졌다.

당시 보도된 신문의 헤드라인: **42년 만에 미사일 주권 회복 : 사거리 제한 해제**

**이진석**   2019년 일본이 예고 없이 반도체 소재 부품에 대한 수출규제를 (했죠).

**강경화**   정말 용납할 수 없는 것이었습니다. 우호관계인 나라끼리는 문제가 있으면 협의를 해야 되고요, 협의했지만 합의가 안 돼서 일방적인 조치를 할 수 없이 하게 된다면 적어도 사전에 통보는 해야 되거든요.

**이진석**   모든 언론의 보도 논조는 '우리나라 반도체 산업 망했다. 빨리 일본과 협상하라.' 청와대 안에서의 대다수의 분위기도 그 분위기에 휩쓸렸죠.

**박수현**   그런데 '이것을 외교적 해법으로 하자는 것은, 일본에 줄 거 주고 굴복하고 그대로 의존도를 유지하고 살자는 것인데, 어떻게 그런 의견을 청

와대 참모가 낼 수 있습니까?' 그렇게 격노하셨다는 거예요.

**조한기**  '팔 하나 부러질 각오를 해야죠. 상대방의 다리를 취하려면 우리 팔 한 짝 내줘야죠.' 그럴 때는 정말 무섭죠. 회의 할 때나 중요한 사안에 대한 판단을 할 때나, 무섭습니다.

**김상조**  대통령께서 말씀을 하시면요, 아무리 강심장인 사람이라도 거기에 반박하기가 어렵습니다.

당시 보도된 신문의 헤드라인: **외교통들 "문대통령이 나설 때... 당장 日에 특사 보내야"**

**반도체 핵심소재 日의존도 90% : 삼성, 하이닉스 대형 악재**

**김수현(전 청와대 정책실장)**

직위가 올라갈수록 자기가 말을 더 많이 하고자 하는 습성이 배이죠. 그렇게 되어 있잖아요. 듣기보다는 말을 더 많이 하고. 더구나 대통령이 되면 만나러 오는 모두가 손에 필기할 걸 들고 있습니다. 누군가 그걸 받아적고 있으면 말을 하는데 더 신이 나지 않겠습니까?

**최종건**  사람 문재인은 듣는 사람입니다. 잘 듣는 사람입니다.

**강경화**  굉장히 잘 들으세요. 아주 진정성 있는 귀 기울임.

**김수현**  그런데 이게 때로 답답하게 느껴질 때가 많아요. 왜냐하면 장관들이 보고를 들어오거나 하면, 사실 뭘 보고할지를 저희가 미리 받아서 대통령님께 드립니다. 이미 대통령은 다 읽고 오셨고 무슨 말씀을 하실지 다 계획하고 오셨는데. (보고를) 좀 짧게 하셔라, (저희는 장관들에게) 계속 주문을 합니다. 그런데 대통령께서 웬만하면 '이건 알았고요, 넘어가시죠' 이런 말을 안 하시는 게, 그걸 보고하는 것 자체가 장관의 철학과 가치를, 말하자면 문서로는 채 다 드러나지 않는 것을 보여주시는 겁니다. 대통령은 그 기회를 늘 드렸다고 저는 (생각합니다).

**김외숙('법무법인 부산' 동료 변호사)**

(의뢰인이) 여자분이신데 교통사고 피해자세요. 그런데 처음 사고는 별것 아닌 것 같았는데, 치료를 받다가 의료사고까지 겹쳐요.

**권혁근('법무법인 부산' 동료 변호사)**

산소통을 메고 (사무실에) 와서 협박 아닌 협박까지 하고. 이래서 저희가 경찰관을 불러서…….

**장원덕('법무법인 부산' 사무국장)**

막 끌어내고 이러는데, 문 변호사님이 딱 나오시면서 '아주머니, 왜 이러세요? 왜 그러십니까? 그러지 마세요.' 그 말 외에는 말씀이 없어요.

**김외숙**  그래서 계속 들어주세요. 그러다 보면 (의뢰인) 본인이 미안해서 접어요. 그럼 남편이 휠체어를 끌고 나가시죠. 그런데 두세 시간 지나면 또 전화를 하세요. 아까 그 이야기 못 한 것 같다고. 그리고 또 이야기를 막 하시는 거예요. 그런 상황을 옆에서 보면 저희가 막 짜증이 나요.

**권혁근**  그런데도 문변호사님은 끝까지 그렇게 계속 (경청)하세요. 다른 건 모르겠는데 그런 상황에서 이런 인내심을 보여줄 수 있는 분은 우리나라 변호사들 중에서는, 아니 전 세계에서 문변호사님밖에 없으실 겁니다.

원칙은 절대적 가치가 아니라, 어떤 목
적을 이루기 위한 수단이죠. 가장 기본
적이고 중요한 수단. 만약 원칙이 없이
마구 편법을 사용한다면, 사회는 완전히
반칙이나 특권이 넘치는 사회가 됩니다.
하지만 원칙을 지키면 우리 사회가 보다
투명해지고 깨끗하고 공정한 사회가 되
죠. 그런 면에서 '원칙을 지킨다'는 것을
하나의 원칙으로 삼으면, 어려운 선택을
내려야 할 때 오히려 홀가분하게 판단하
고 결정할 수 있어요. 원칙이 결코 스스
로에게 족쇄가 된다거나 얽매이게 만드
는 요소가 아닙니다.

'그 부분은 이미 알고 있다'라고 말을 잘라 버리거나 '그건 관계 없는 얘기다'라는 식으로 면박을 주면 당연히 발언을 못 하게 되죠. 회의에서는 간혹 엉뚱한 이야기들이라도 자유롭게 할 수 있어야 그 속에서 일종의 집단 지성에 의해서 보다 나은 결과를 찾을 수 있는 것 아닙니까. 그래서 '회의'라는 과정은 굉장히 중요해요. 대통령이 간단히 보고받고 일방적으로 지시하고 그래서는…… 대통령이 모든 것을 다 아는 전지전능한 존재라면 모를까, 많은 실수가 있을 수밖에 없죠.

# Episode

가을걷이

5

**문재인**  여기가 밭이기 때문에 농지거든요, 경작 의무가 있어요. 둘째로는 재미
가 있습니다. 농사 일을 하면 그 시간 동안에는 아무런 잡념이 없어지
고. 말하자면 무념무상. 내가 이완되고 치유되는 느낌을 받습니다.

텔레비전에서 앵커의 목소리가 흘러나온다. "조금 전에도 일부 보수성향 개인방송인들이 경호처 직원들의 제지를 받자 욕을 했고 결국 쫓겨나기도 했습니다. 오늘 자정부터 문재인 전 대통령 사저 경호 구역이 확대되면서 아침부터 경호처와 경찰 모두 분주했는데요. 우선 경찰은 성향이 다른 두 단체가 모이는 만큼 완충 구역을 확대했습니다."

*뭔데, 너네가 뭔데, 너네가 뭔데, 너네가 뭔데(막는데)*

| | |
|---|---|
| **김정숙** | 아침에 내가 팽나무에 가서 다들 막 소란스럽길래 어떻게 되는지 지켜봤거든. |
| **문재인** | 이 팽나무? |
| **김정숙** | 응. 그늘 밑에 있어서 처음으로 그 팽나무 밑에 앉아봤네, 나도. |

(한참을 고요한 정적 속에 앉아 있다.)

| | |
|---|---|
| | 오늘 정말 신기하다. 사람들이 어쩌면 이렇게 조용하고. |
| **문재인** | 그래, 이 조용한 마을에. |
| **김정숙** | 그러게 말이야. 너무너무 조용해서. 산꼭대기 안쪽 마을인데. |

**김정숙**   호박. 이걸로 스테이크 해먹자.

(토리를 조심히 쓰다듬으며) 앙칼지지만 않으면 이쁜데. 네가 가여워서.


처음으로 평화롭게 거닐어 보는 사저 앞길에서 지나가던 주민을 만난다.


**주민**     잠깐 내려도 될까요?

**문재인**   네, 좋아요. 반갑습니다.

**주민**     아이고 토리다!

**문재인**   어디 사십니까?

**주민**     지산 마을에요.


사저 텃밭 정리가 한창이다.


**문재인**   잠깐, 잠깐, 보자고.

잠깐만, 잠깐만, (뽑지 마라) 잡풀이랑 (억새랑) 큰 차이가 없는데…….

**김정숙**   아니야 이게 씨가 번지면 내년에…….

**문재인**   족보가 있고 없고, 그 차이야?

**김정숙**   내년에 씨가 번지면 여기가 아무것도 아닌 풀밭이 돼 버려서 안 돼. 그거 다 뽑아야 해.

**문재인**   이것 봐라, 이거 보라고. 여기 이렇게 꽃이 열리기 시작하잖아.

**김정숙**   그게 꽃이 아니야. 좁쌀만 한 걸 가지고서는 꽃이라고.

**문재인**   이렇게 줄줄이 다 달리는 거지, 거 참.

**김정숙**   나 여기(그라스 정원) 애써서 비료 주고 가꾸는데, 꽃을 자기가 원하는 대로 해야지.

시위대가 지나가며 "야, 정숙아, 정숙아!" 비난을 외쳐댄다. 김정숙 여사가 격앙돼서 쫓아내려가려 하자, 비서관들이 황급히 뒤따르며 저지한다. 그 모습을 그저 입을 꾹 다물고 말 없이 지켜본다.

가을이 내려앉은 정원. 얇은 패딩을 걸친 모습이 산속 마을의 쌀쌀한 아침 공기를 짐작케 한다.

**김정숙**    뭘 그렇게 알고자 하는지 몰라. 큰일 났어. 우리 남편이 좀팽이처럼 돼 버리는 건 아니겠지. (웃음) 온갖 일에 참견하는. 설마. 우리 아버지가 얼마나 사랑으로 참견을 하는지, 딸내미들한테. 내가 그게 싫어서 참견 안 하는 사람하고 결혼했는데, 우리 남편이 그러면 어떻게 하지?

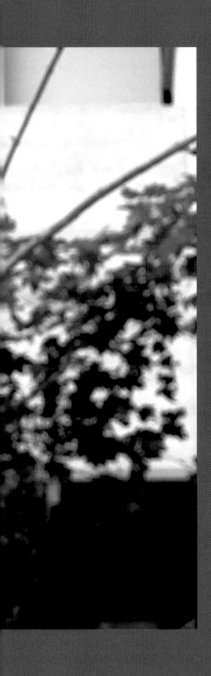

온 세계가 민주주의의 위기를 말하
고 있는데, 선진 민주주의 국가들조
차 민주주의 위기를 말하는 마당에,
대한민국이 민주주의의 위기 속에서
촛불 혁명이라는 대단히 평화적이고
문화적이고 성숙한 방식으로, 또 법
적인 절차를 통해서 정권 교체를 이
뤄내고 민주주의를 되살려가는 과정
들이 세계에서 볼 때 찬탄스러운 거
예요.

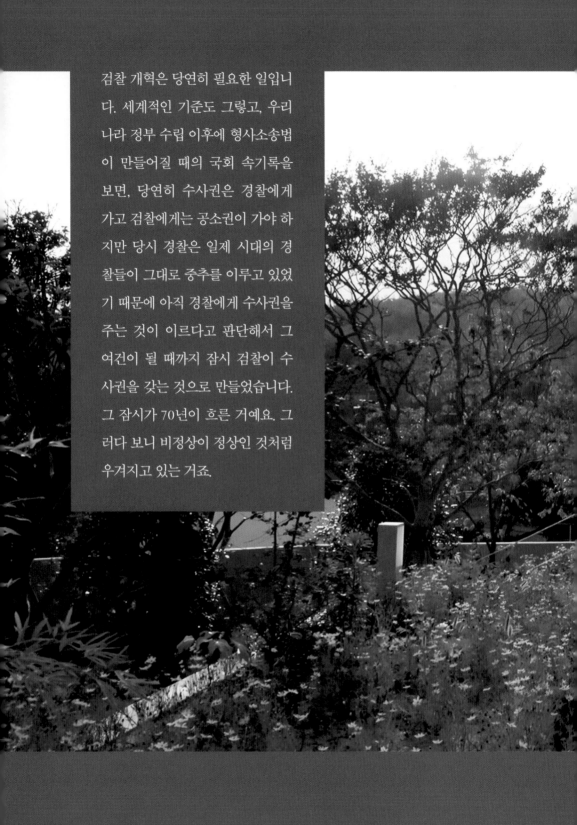

검찰 개혁은 당연히 필요한 일입니다. 세계적인 기준도 그렇고, 우리나라 정부 수립 이후에 형사소송법이 만들어질 때의 국회 속기록을 보면, 당연히 수사권은 경찰에게 가고 검찰에게는 공소권이 가야 하지만 당시 경찰은 일제 시대의 경찰들이 그대로 중추를 이루고 있었기 때문에 아직 경찰에게 수사권을 주는 것이 이르다고 판단해서 그 여건이 될 때까지 잠시 검찰이 수사권을 갖는 것으로 만들었습니다. 그 잠시가 70년이 흐른 거예요. 그러다 보니 비정상이 정상인 것처럼 우겨지고 있는 거죠.

이른 아침볕이 고즈넉이 드는 가을 정원에서 생각에 잠긴 김정숙 여사. 그런 아내를 평소와 달리 재촉한다.

**문재인**  아침 먹어야 돼.

**김정숙**  지금?

**문재인**  빨리빨리 준비해.

**김정숙**  빨리 준비해야 돼?

**문재인**  8시 40분에 출발이야. 빨리 준비해야 돼.

**김정숙**  당신이 와서 좀 도와주지. 빨리 하라고만 하지 말고. 야채를 조금 할까?

**문재인**  야채 하지 마, 빨리빨리.


늦가을 천왕산의 산행길.

**문재인**  추억의 코스다!

**김정숙**  천왕산은 수십 년 만에 올라왔네. 2, 30년쯤 됐나?
　　　　와, 아미초가 여기 피었네. 이 때늦은 계절에 피었네.
　　　　오늘 갈 길이 꽤 머네?


**문재인**  여기 용담(꽃).

**신혜현**  여사님, 대통령님, 여기 잠깐 서 보시면 안 돼요?

**문재인**  거기 서 보면 안 돼. 여기 들어가지 말라고 해놓은 거를. 그런 것에 대해
　　　　서는 그저 무시해.

**김정숙**  아니, 여기는 (줄이) 없어, 여보.

**문재인**  발로 밟아서 여기를 낮춰놨구만.

**김정숙**  이리와, 흩어져서 찍어. 여기는 다 사진찍는 데야.

정부가 바뀔 때마다 나빠졌다가 좋아졌다가 하는 그런 위태로운 평화가 아니라, 항구적으로 보장된 평화를 구축하고 싶었습니다. 안타깝게도 그건 우리 정부만의 노력으로도, 남북만의 노력으로도 되는 일이 아닙니다. 미국과 유엔안보리 제재까지 풀어야만 가능한 것이죠.

정원에서 당근을 캐고 있다. 평산에서의 첫 수확이다.

| 최수연 | 근데 이거는 (모양이) 불량이다. |
| 신혜현 | 만화에서 토끼가 먹는 것 같아요. |
| 문재인 | 뿌리를 내리다가 중간에 돌같은 게 있어서 이렇게 갈라진 거야. 이거는 그런 게 전혀 없는 모래 토질에 해야 되는 거거든. |
| 최수연 | (당근) 일자 하나 나왔다, 드디어. 큰 것 좀 캐라고 했잖아. |
| 문재인 | 도로 집어넣어. (모두들 함께 함박웃음) |

| 문재인 | 토란 가지고 뭘 해 봤나? |
| 신혜현 | 엄마가 끓여주시는 토란국은 먹어 봤죠. |

| 신혜현 | (돼지감자를 캐는 모습을 보며) 이게 많이 나온 거라고요, 박 비서관님? |
| 박성우 | 모종보다 많이 나오면 성공한 거다. |
| 최수연 | 다들 지 맘대로 커서. |
| 문재인 | 아, 참 못생겼다. (못생기게 잘 자란 돼지감자를 들고 다 함께 기념사진을 찍는다.) |

문재인입니다

# Episode

선한 의지와 정치

6

**박지원(전 국가정보원장)**

문재인 대통령은 굉장히 사람이 좋으신 분, 선하신 분이에요. 눈동자하고 똑같아요. 그러니까 싫은 소리를 못 하시더라고요. 전 솔직히 말해서 '저분이 대통령을 할 수 있을까, 그만한 리더십과 정치력이 있는가'에 대해서 굉장히 의심을 했어요.

**문성현(전 경제사회노동위원장)**

비서실장도 뭐도 하셨지만, 저 양반이 나중에 정치를 하고 대통령이 될 거라고는 생각도 못 했어요. 처음부터 끝까지 '이분이 해야 된다, 할 수 있다'고 생각해본 적이 없어요.

**김창호(교수. 고교 동문)**

(참여정부) 5년 끝나고 부산으로 내려와서 문재인을 그때 여러 번 만났죠. 자기 집에 집사람과 함께 초대해서 만났을 때, '정치판이 치가 떨릴 정도로 (싫다), 도저히 이해할 수도 없고 나하고는 전혀 거리가 멀다, 내가 가까이하고 싶지 않은 세상이다. 나는 앞으로 영원히 정치판과 멀어질 거다……'

**강민석**

언젠가 일요일에 전화를 드리게 됐습니다. 그런데, 전화를 받으셨는데 고속도로에서 운전 중이라고 하시더라고요. 저는 죄송해서 전화를 끊었는데, 갓길에 차를 대신 다음에 저한테 전화를 주셨어요. 전화 드린 이유가 당시 노무현 대통령 측근 인사가 '(문수석은) 정치할 깜냥이 못 된다'고 하는데 어떻게 생각하시냐를 묻는 취지였는데, '뭐, 저도 공감합니다' 그러시는 거예요.

**진성준(전 청와대 정무기획비서관)**

저는 그냥 (국무회의 때 악수를) 건너뛰시더라고요. 그래서 제가 조금 (서운해서) 기왕에 하시는 건데 악수도 한 번 하고 손도 잡아 주고 가시

면 좋았을 텐데 왜 그냥 건너뛰시나 그랬는데, 청와대에서 같이 일하는
식구라서 그러셨던 거라고 나중에 전해들었어요. 그런데 어느 날은 또
악수를 하셨는데, 아마 그때는 저를 못 알아보셨던 게 아니었을까…….

**이지성(문재인 팬클럽 '문팬' 운영위원)**

제가 계속 끌어안고 사진을 찍어요. 계속 계속. 그리고 문팬 공식 창립
총회 때 오셨는데, 그때도 제가 새로운 운영진이 돼서 인사를 잠깐 드
렸어요. 그런데 그때 그냥 고개만 끄덕끄덕. '나를 못 알아보시는구나.'

**진성준**    그건 정치인으로서는 아주 치명적인 약점입니다. 대통령님도 아마 당
신의 그런 약점을 알고 계셨을 것이다.

**박수경**    그거 아세요? 슬쩍 자기 이야기를 옛날 이야기인 척하면서, 결국 들어
보면 자기 자랑인. 그런 것들이 정말 1도 없었어요. 그리고 누가 그 자
리에서 대통령님 칭찬을 하잖아요? 그러면 아무 반응 없이 딴 이야기
를 하세요. 원래 이게 정치인의 성향은 아니잖아요.

**오종식**    제가 술자리를 우리 정치인들과 해보면요, 술자리에서는 하나같이 똑
같아요. 자기 피알(홍보)을 해요. 오버해요. 술 한 잔 먹으면 격의없이
한다고 오버하잖아요. 말로도 오버하지만 과한 행동으로 과한 말로 막
(자신을) 드러내요. '친해져 보자'고도 하고. 그게 꼭 나쁜 건 아니에요.
그런데 대통령님은 일관돼요. 절대로 오버하지 않으세요. 그러다 보니
빈틈이 없고, 일각에서는 노잼(재미 없다)이라고 그러죠.

**장원덕**    그때는(80년대) 더욱 더 권위주의 시대였죠. (당시에는 대개 변호사 사무
실의) 기사는 남편인 변호사를 출근시켜주고 나면, 사모님 기사였었습
니다. 사모님이 그때는 휴대폰도 없고 일반 전화가 왔는데 '장 국장님,
최기사 좀 자갈치시장으로 보내주세요.' 택시는 안 잡히고 짐은 많고.

그때 문 변호사님은 저 산비탈에, 당리인가 산비탈에서 셋방살이 하던 때입니다. '(그런데 변호사님이) 국장님, 최기사 어디 갔습니까? 오늘 차를 가지고 피고인 누구 면회를 가야겠습니다.' (그래서) 사실은 사모님이 자갈치 시장에서 장을 많이 보셨는데 택시가 안 잡히고 그 물건을 들고…… 그래서 차를 좀 보내달라고 해서 보내줬습니다, 이러니까 '그래요? 그럼 택시 타고 가요.' 그렇게 택시 타고 가서 면회를 하셨는데, 그러고는 사모님이 전화가 와서 '혼났어요.' 무거운 물건을 들고 택시 안 잡혀서 차 한번 썼다고 '니 차가? 당신 차가? 왜 사무실 차를 니 마음대로 쓰노?' 그때부터 십몇 년 동안 사모님은 차 한 번도 안 썼어요.

**김외숙** 변호사 초기에 형사 사건이었는데요, 사고 장소가 아주 시골의 아주 어두운 밤에 일어난 일이었기에 현장 검증을 가게 됐어요. 법원에서 재판부가 오시고 쭉 현장을 돌아보고 헤어질 무렵이 점심 때가 된 거예요. 근데 거기가 부산도 아니고 경남의 외진 시골까지 멀리 간 것이었거든요. 점심 때가 됐고 그러면 '여기까지 오셨는데 우리 밥 먹고 갈까요?' 이렇게 할 법도 하잖아요. 그 빈말도 안 하시더라고요. 그저 '네. 수고하셨습니다' 이러고 돌아서는 거예요.

**신동호** 뭐가 맞는지 뭐가 틀린지 잘 모르는 입장에서 봐도 '저렇게까지는 안 하셔도 될 것 같은데, 너무 성실하시고 정직하시다.' 이런 느낌을 받을 때가 많이 있었거든요.

국가 기록물 유출 갈등에
측근 먼지털이 수사 반발

이명박 대통령과 끊임없는 긴장관계
2009-05-23

평산 사저 비서관실에 전화벨이 끊임없이 울려댄다.

**신혜현**  네, 신혜현입니다. 풍산개 때문에 그러시죠?

**오종식**  계속 전화 오는데…….

**신혜현**  네, 풍산개 때문이죠? 일단은 파양이라고 하는 제목으로 조선일보 단독 다셨던데, 파양이라는 말 자체가 성립이 되지 않고요.

**문재인**  반려동물이지만, 정상회담에서 받은 선물이기 때문에 대통령 기록물이고요. 그래서 행정안전부가 (국가가 아닌) 제3자에게 위탁할 수 있는 근거규정을 두기로 약속을 했던 것인데, 그게 지금까지 되지 않고 있는 거예요. 6개월 동안 아무런 근거 규정 없이 제가 대통령 기록물을 계속 관리하는 중이기 때문에 위법 시비가 있을 수 있어요. '대통령 기록물을 왜 전임대통령이 계속 가지고 있느냐?'

**신혜현**  지금 국무회의나 시행령 개정안이 통과되지 않고 6개월이 지난 상황이거든요.

**오종식**  (지면) 2안 기사를 건조하게 처리하는 걸로요.

대통령과 참모들이 풍산개들을 이끌고 아침 산책에 나선다.

**오종식**  곰이는 호기심이 되게 많아요. 천방지축 이리저리 날뛰고 사람을 막 끌고 가려고……. 뭐 먹이를 찾는데.

**박성우**  사람으로 태어났으면 한국 도로공사 산악도로 개척부 현장소장으로 있었을 것 같아. 엄청 많이 떼어냈어. 봐봐.

**신혜현**  이래서 정을 붙이면 안 되는데.

**신혜현**  (사진을 찍으려고) 송강, 여기 봐봐. 아이, 좀 봐줘.

송강이 곰이가 마지막 산책을 나가려고 견사를 나서는데, 옆에서 다운이가 낑낑댄다.

**문재인**    다운이는 (구경할) 기회가 많지.

**문재인**    4년 넘게 가족으로 함께 지냈거든요. 아내랑 함께 갓난아기 시절에 우
유도 먹이고 하듯이, 그렇게 돌보면서 키웠죠. 떠나보내게 되니까…….

**김정숙**    그래도 둘이 붙여놓겠지. 따로 떨어트리진 않겠지.
갑자기 따로 떨어지면 우울증이 올 것 같은데.
다 같이 사진 찍자.

대통령 기록관에 반려동물을 키울 수 있는 시스템이 없기 때문에 내가 위탁 관리하기로 한 것이어서, 정부 측에서 그럴 생각이 없다거나 나름대로 더 나은 관리 방안이 있다면 그냥 위탁 안 하겠다 하면 되는 거예요. 그렇게 서로 덤덤하게 소통하면 되는데, 그런 것 전혀 없이 근거 규정 만들겠다 하고 6개월 내내 안 하고, 내막을 알아보면 누군가가 강력하게 반대해서 제동을 걸고 있고, 그런 상태에서 합법도 아니고 무슨 불법도 아닌 어정쩡한 상태가 계속되고 있으니, 나중에 여러 가지 쓸데없는 논란이 있을 수 있는데…….

반려동물이지만, 정상회담에서 받은 선물이기 때문에 대통령 기록물입니다. 그래서 행정안전부가 (국가가 아닌) 제3자에게 위탁할 수 있는 근거규정을 두기로 약속했는데, 그게 실행되지 않고 있는 거예요. 행안부가 지난 6월에 그런 시행령 개정안을 입법예고했는데, 어디선가 거기에 대해서 이의를 제기했고 시행령 개정이 무산됐어요. 그 이후에 행안부가 일부 자구를 수정해서 다시 입법예고하고 시행령 개정하겠다고 알려왔었는데, 그것도 여태 보류 중이고……. 6개월 동안 아무런 근거 규정 없이 제가 대통령 기록물을 계속 관리하는 중이기 때문에 위법 시비가 있을 수 있어요. '대통령 기록물을 왜 전임대통령이 계속 가지고 있느냐? 대통령 기록관은 왜 그렇게 하도록 맡겨두고 있었냐?' 이런 논란이 있을 수 있어서 여러 차례 빠르게 근거 규정을 마련해달라고 요청했는데 이루어지지 않았고, 또 내막을 쭉 보니까 이의를 제기한 쪽에서는 계속 반대하고 있는 뜻이 보여져서, 아프지만 하는 수 없이 합법적인 처리가 필요하다고 본 겁니다.

**임종석**  지나치게 선한 의지로 이 문제를 다루려 하셨던 것 같아요.

**신동호**  스스로 개혁하지 않는 것은 제자리로 돌아갈 수밖에 없다, 라는 생각을 분명히 하셨습니다.

**김상조**  윤석열 총장의 임명식 때도 제가 배석했었고요. 그때 문재인 대통령님과 윤석열 검찰총장이 한 이야기들을 지금도 생생히 기억합니다.

**임종석**  윤석열 검찰총장은 검찰 개혁을 해주고, 조국 법무부 장관은 사법 개혁을 해주고. 두 사람이 다 자기 일을 잘 해주면 조화가 되지 않겠냐.

**김상조**  정말로 윤석열이라는 사람에 대한 신뢰를 여지없이 보여주셨고요, 여실하게. 그리고 그것을 통해서 '검찰 개혁'이라는 당신의 소명이 완성될 거라고 낙관적으로 생각하셨던 것 같습니다.

**임종석**  그런 대통령의 선한 의지가 과도했던 것 같고. 대통령의 선한 의지는 여지없이 배신당했고.

**박지원**  굉장히 답답할 때가 있어요, 많아요. 가장 큰 게 추미애 장관과 윤석열 총장 간의 알력싸움인데, '두 사람 다 인사 조치를 하자'라고 하는데 '검찰총장은 임기가 보장됐는데 어떻게 그렇게 하느냐.' 그래서 마지막까지 지키려고 했어요.

**진성준**  그런 여론이 극에 달했을 때도, 대통령께서 신년 기자회견이었던가요? "윤석열 총장에 대해서는 여러 가지 평가들이 있지만, 저의 평가를 한마디로 말씀드리면 문재인 정부의 검찰총장이다." 당신의 인사권을 당신이 책임지겠다는 자세를 끝까지 견지하셨던, 본인의 어떤 원칙주의?

**박지원**   여기서의 답답함이 정권을 놓쳤다, 저는 그렇게 봐요. 답답할 때는 엄청나게 답답해요.

**도종환(전 문화체육부 장관)**

'권력을 주면 휘둘러야지, 그리고 가로막는 것들을 막 싹 쓸어버려야지, 그렇게 하라고 우리가 권력을 준 건데 왜 안 해?'

**김기문(문팬카페 전 대표)**

너무 민주적 절차와 권한을 보장해주는, 이런 표현은 정말 그렇지만, 미련스럽게 집착하시는 거죠.

**도종환**   '검찰 개혁을 하다가 제대로 권력을 쓰지 않았기 때문에 이런 사달이 났고, 결국 배신당하고 권력을 빼앗긴 게 아니냐?'

**김기문**   그분이 몰라서, 그분이 바보라서 그걸 못하셨을까?

**도종환**   그런데 실제로 우리가 하려고 하는 건 그런 전체주의가 아니고, 민주주의거든요. 민주주의를 제대로 수행하는 권력을 처음 경험해보는 게 아닌가.

**진성준**   문재인정부가 박근혜 대통령을 탄핵하고 들어선 정부다, 라는 데서 오는 문제라고 생각해요. 만일 정치적 편의를 위해 법률이 정하고 있는 절차들을 뛰어넘으려 했다가는 자기모순에 바로 처하게 되는 거였다.

**도종환**   우리는 늘 흥분해 있어요. 흥분에 동원되기를 자주 하고요. 그리고 우리 모두 들떠 있어요. 빨리빨리 결정하고 밀어붙여야 된다고 생각해요. 그런데 유일하게 대통령님은, 빨리빨리가 중요한 게 아니고 이게 제대로 된 결정이냐고 묻는다는 말이에요.

**윤재관**   그때 이제 시나리오가 없는 국민과의 대화. '당장 지금 오늘 소주 한 잔 하고 싶은 분이 누구십니까?'라는 질문이 나올 수 있는데 어떻게 답하시겠습니까, 했더니 첫 마디가 '조국인데? 조국 장관인데?'

# Episode

ㄱ

잠이 안 오게

꼭 하고 싶었던 일

7

**박성우**  마루가 퇴원하고 어제 대통령님이 견사 안으로 8시 좀 넘어서 들어가셨는데, 12시가 거의 다 되어서 나오셨다고. 대통령님이 거기 들어가서 맨바닥에 앉으셔서 마루를 12시가 다 될 때까지 쓰다듬어 주셨어요.

마루는 냄새 맡는 것도 좋아하고 걸음도 굉장히 느리고. 천천히, 느리게 느리게 가는데 대통령님이 그걸 다 맞춰줍니다. 줄을 이렇게 함부로 당기지 않고 마루가 하고 싶은 대로 다 함께하면서 함께 호흡하는 게 느껴집니다.

마루가 산책길에 떨어진 홍시를 맛있게 먹는다. 다들 그 모습을 흐뭇하게 바라보는데 누군가 "아침마다 하나씩 드시고 갑니다"라고 하자 웃음이 터진다.

"오늘 마루가 저 세상으로 떠났습니다.
아침 산책 중에 스르르 주저앉았고
곧 마지막 숨을 내쉬었습니다.
고통이나 신음소리 없이, 편안한 표정으로 갔습니다.
산책길에 요즘 즐겨먹던 떨어진 홍시감을 맛있게 먹기도 했습니다.
마지막 산책을 함께하고 숨을 거둘 때
쓰다듬어줄 수 있었으니 매우 다행이었습니다.
매곡 뒷산 대운산 자락을 맘껏 뛰어다녔고
청와대에 살면서 북한 풍산개 곰이와 사랑을 나누고
남북 합작을 만들어내기도 했으니
그만하면 잘 산 견생이었습니다.
마루는 화장하여 우리집 마당 나무 사이에 수목장으로 묻었습니다.
마루야, 고맙고 고맙다.
다음 생이 있다면 더 좋은 인연, 더 좋은 관계로 꼭 다시 만나자.
잘 가라.
_2022년 12월 10일, sns 게시글에서"

**문재인입니다**

| 문재인 | (노대통령 서거 후) 저한테 그렇게 많은 눈물이 있을 줄 잘 몰랐습니다. |
|---|---|

**최수연** 한동안은 약간 실어증처럼 그냥 하루 종일 얘기를 안 하고. 밀짚모자 쓰고 마당에서 풀만, 잡초만 뽑으니까 여사님도 너무 무서워하고.

**김창호** 앞이 아무것도 안 보인대요. 앞이 새하얗대. 참여정부 5년 동안 자기가 중심에서 일을 해왔지만 5년 동안 뭐 했지 라고 이렇게 손가락 집고 헤아려 봐도, 뭘 했는지 아무런 생각이 안 난대. 새하얗대.

**최수연** 그렇게 하다가 이제 시민사회단체에서 '친구 노무현 대통령 저렇게 갔는데 니는 뭐하노, 니만 깨끗하면 되나?' 시민사회단체 어르신들이 집 앞에 와서 데모를 하고. 몇 날 며칠을 이렇게 다 돗자리를 펴놓고 안 가고 그랬었거든요. 그런데 그때 화를 막 있는 대로 내셨어요. '남의 집에 와서 왜 이러냐, 내 의지는 없냐.'
내가 차라리 처음부터 양산 여기가 골짜기라고 덕계를 오는 게 아니고, 아주 산골, 아무도 올 수 없는 산골로 갔어야 됐다. 그 얘기를 몇 번 하셨거든요.

**설동일(부림사건 피해자)**
본인이 끝까지 고민했던 문제는 대안이 없을까를 고민하신 거죠. 자기 외에 대안이 없을까.

**윤건영** 저희 같은 사람이 설득해서 변했을 것 같진 않고요. 그 시대가 갖는 요구, 그리고 당신께서 생각했던 바가 있지 않았을까 싶습니다.

**설동일** 선택하기 전에 굉장히 신중하고, 그렇지만 선택하고 나면 최선을 다하시는 분이라서. 그래서 대안이 없는 순간에 그냥 결단하신 거예요.

**문재인**   우리 역사에 단 한 번도 없었던 대통령,
그런 대통령 제가 정말 꼭 해보고 싶습니다!

**박지원**   2012년 대선 때는 굉장히 순수해서, 소위 정치인으로서 동서남북을 잘
못 가리는……

**윤건영**   2012년 대선을 패배한 다음에 하루 이틀 지나선가, 눈이 많이 내렸습
니다. 그때 상명대학교 뒤편의 구릉지, 비탈이 심한 빌라에 사셨는데

나와서 눈을 막 쓰시는 겁니다. 지나가는 시민이 찍어서 올렸나, SNS에 누군가 올리셨던 것 같은데요. 그 장면이 저는 되게 (인상적이었습니다).

**최수연** 떨어지고 나서, 서울에서 정리하고 매곡 집에 내려온다는 얘기를 듣고 갔는데, 대문으로 들어오시는데 내가 대문에서, 우리 한 번도 그런 적 없었는데, 막 포옹을 하면서 '변호사님 우리는 최고의 노력을 했다'면서, '여기까지 된 거 우리 대단한 거다' 하면서. 우리 역량이 여기까지 온 거라고. 그러니까 그때 진짜 울면서 그 자리에 주저앉더라고요. 주저 앉으면서 진짜 어떻게 할 수 없는······.

**임종석** 2012년 대선 후에 한 번은 둘이 이렇게 저녁 술자리였는데, 제가 여쭤 봤어요. 또 하실 거냐고. '뭐 해야 안 되겠습니까,' 그러시더라고요.

**신혜현** 아주 많이 달라지셨죠. 우리 문재인이 달라졌어요. (웃음) 사람들한테 다가가서 인사하고 악수하시는 게, 그렇게 쉽지 않아 하셨거든요. 그런데 지금은 정말 먼저 다가가서, 오오!

**조한기** 2017년(대선)에는 기꺼이 귀여운 표정도 해주시고. 시간도 많이 내주시고.

**이지성** 점차 점차 저희하고 약간씩은, 지나가다가도 행사 같은 거 있어서, 저희가 알아봐서 가거나 그럴 때면 손도 한번 흔들어 주시고 악수도 해주시고.

**최수연** 변호사님, 연설이 잠이 온다, '문재인과 함께해 주시겠습니까' 이러니까 잠이 온다. (그렇게 지적하니까) '내 것(연설 스타일)도 좀 먹힌다' 이러시더라고요.

**송인배**  '이러이러한 문제가 있습니다. 누가 해결할 수 있겠습니까?' 그러면 관중들이 '문재인!' 그렇게 외치는, 이런 화답을 유도하는 연설이었어요.

**최수연**  그냥 '문재인과 함께 갑시다!' '문재인의 희망을 받으세요!' 목소리를 높이셔야 됩니다.

**송인배**  지금까지 내셨던 목소리보다 높은 목소리를 내셔야지, 한번 내보셔야지 현장에서 내실 수 있습니다, 하면서 제가 그 앞에서 시범을 한번 보였어요. 그 의원실에서.
저는 (시범 보였던 게) 지금 생각해도 너무 죄송하고 주변에 있던 친구들한테 참 부끄럽기는 하지만, 잘했다고 생각합니다. 제가 나오고 조금 있다가 대통령께서 안에서 (연설)연습을 하시더라고요.

**문재인**  박빙 지역에서 우리 후보들 손 잡고 다니며,
당선시킬 사람 누구입니까?
전국에서 이길 수 있는 사람 누구입니까?
압도적인 지지가 필요합니다.
당을 혁신할 힘, 당을 통합할 힘
박근혜 정권에 맞설 힘을 주십시오, 여러분!

**박지원**  2017년 선거 때는 보니까 욕심이 많아졌더라고요. 굉장히 좋은 거예요. 정권욕이 있어야 정권을 잡을 수 있는 거예요.

**임종석**  의외로 그렇지 않은 사람이 많습니다. 그 자리에 가고자 하는 욕심은 있으나, 그 자리에 가서 무엇을 하고 싶은지를 충분히 자기한테 안 물어본 사람이 훨씬 많습니다. 그래서 제가 '왜 (다시) 하시려고 합니까? 정말로 잠이 안 오게 하시고 싶은 일이 있습니까?' 그렇게 여쭤봤는데, 이렇게 생각을 하시더니…….

| 문재인 | 제가 정치를 결심한 목표도 바로 그것입니다. |
|---|---|

대한민국 주류를 바꾸고 싶어서입니다.

이제 정치의 주류는 국민이어야 합니다.

권력의 주류는 시민이어야 합니다.

그래서 국민이 대통령입니다.

위대한 국민의 위대한 대한민국을 만들겠습니다!

나라를 지키기 위해 전쟁터에 나간 것도

누구보다 성실히 일하며 경제발전에 이바지한 것도

민주주의가 위기에 처했을 때 두 주먹 불끈 쥐고 거리에 나선 것도

모두 평범한 우리의 이웃, 보통의 국민들이었습니다.

그 과정에서 희생한 대부분의 사람들도 우리의 이웃들이었습니다.

**문재인**  주류여야 되는 사람들은 일반 국민들이죠, 서민들. 이들이 대한민국의 근간인데, 말로는 주권자라고 하지만 실제로는 통치의 대상으로 취급되던 일반 국민들, 서민들 이런 분들이 한국사회의 근간으로 제대로 대접받게 (만들고 싶습니다).

**문재인**  청계천변 다락방 작업장

천장이 낮아 허리조차 펼 수 없었던 그곳에서

젊음을 바친 여성노동자들의 희생과 헌신에도 감사드립니다.

재봉틀을 돌리며 눈이 침침해지고 실밥을 뜯으며 손끝이 갈라진

그분들입니다. 애국자 대신 여공이라고 불렸던 그분들이

한강의 기적을 일으켰습니다.

**조종사**　　(공중 호위를 맡으며) 영웅의 귀환을 마중하게 되어 영광입니다.

지금부터 대한민국 공군이 선배님들을 안전하게 호위하겠습니다.

**문재인**　　고 김동성 일병

고 김정용 일병

고 박진실 일병

고 정재술 일병

고 최재익 일병

고 하진호 일병

고 오대영 이등중사의 이름을 역사에 새겨넣겠습니다.

조국은 단 한 순간도 당신들을 잊지 않았습니다.

용사들은 이제야 대한민국 국군의 계급장을 되찾고

70년 만에 우리 곁으로 돌아왔습니다.

예우를 다해 모실 수 있어 영광입니다.


대한민국은 결코 그분들을 외롭게 두지 않을 것입니다.

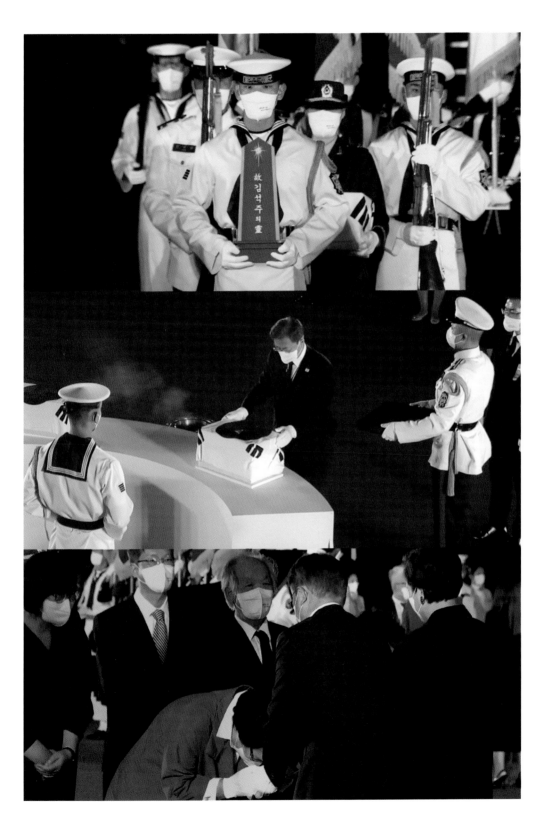

윤재관     전국에 계신 위안부 할머니들을 청와대에 초청하는 행사였고요. (한 할
           머님이) 길이 좀 막히셨나 봐요. 한 20분 늦게 도착을 하셨습니다. 그분
           이 오시기 전까지 들어오지 않고 바깥에서 그대로 그 칼바람을 맞으면
           서 아무 말 없이, 바깥에서 계속 홀로 서 계시는 문재인 대통령의 모습
           은 지금도 제 머릿속에서는 지워지지가 않습니다.


발달장애인 자녀를 둔 학부형들과의 모임.

학부형     우리 발달장애인들은 태어나서부터 되게 힘듭니다.
           저희는 돌봄받는 사람이 아니고요, 당당한 사람으로 살게 해주십시오.

문재인     발달장애인들은 다른 장애인들보다 살아가기가 훨씬 힘이 듭니다.
           발달장애인들의 처지를 호소하기 위해서 무릎을 꿇고 울기도 하고,
           머리를 깎기도 하고, 그런 아픈 마음에 대해서 우리 사회가
           얼마나 따뜻하게 마음을 보여주었는지, 그런 반성이 듭니다.

**문재인** 올해 기념식에 꼭 참석하고 싶었습니다.
광주 시민들께 너무나 미안하고
너무나 부끄러웠고
국민들께 호소하고 싶었기 때문입니다.

**송인배** 큰 어른들을 모시면서 어른의 모습을 토대로 더 커나가는 자신의 모습을 그리고 노력을 하고 그렇게 합니다만, 전 그런 생각은 가지고 있지 않습니다. '그만큼 하기가 힘들겠다'라고 생각을 합니다.
되려 그렇게 하고 싶지 않습니다. 권위와 권력으로서의 최고의 정점이 아니고 역할과 책임으로서의 최고의 정점에 섰을 때 그 무게를 거짓 없이 속임 없이 그 무게를 그대로 이고 지고 이겨내고 사람들에게 성과를 보여주는 일을 저는 따라할 수 없을 것 같습니다.

독재에 맞섰던 '87년의 청년이

2017년의 아버지가 되어 광장을 지키고

도시락을 건넸던 '87년의 여고생이

2017년 두 아이의 엄마가 되어 촛불을 든 것처럼,

지난 겨울 우리는 100년의 시간을 뛰어넘었습니다.

3·1운동으로 시작된 국민주권의 역사를 되살려냈습니다.

일천칠백만 개의 촛불이

가장 평화롭고 아름다운 방식으로 이 역사를 펼쳐보였습니다.

2017년 대통령이 된 직후에 찾은 노무현 대통령 추도식.

**문재인**   노무현 대통령님, 당신이 그립습니다. 보고 싶습니다.
        하지만 저는 앞으로 임기 동안 대통령님을 가슴에만 간직하겠습니다.
        이제 당신을 온전히 국민께 돌려드립니다.
        반드시 성공한 대통령이 되어 임무를 다한 다음 다시 찾아뵙겠습니다.

참여정부가 실패라는 낙인이 찍히고 여러 가지로 매도되니 허망했고, 세상과 거리를 두고 싶었는데…… 그 뒤에 노무현 대통령님이 그런 일을 겪고 돌아가셨기 때문에 그분이 못 다한 꿈들을 살아남은 사람들이 이어가야 된다는 사명감이 생겼죠. 노무현재단 등을 통해서 그분의 가치를 계승하고 발전시키고 확산해나가는 정도의 일을 하려던 것인데, 김대중 대통령께서 "평생 노력해서 이룬 민주주의와 민생 그리고 남북평화가 완전히 무너지는 모습을 보면서, 이것이 꿈인가 생시인가 싶을 정도다. 그러니 젊은 당신들이 꼭 뒤를 이어달라"고 신신당부를 하셨어요.

"오늘 저는 업무가 끝나는 6시에 정시 퇴근을 했습니다.

대통령으로 일하는 동안 첫 퇴근인데 동시에 마지막 퇴근이 되었습니다.

마지막 퇴근을 하고 나니 정말 무거운 짐을 내려놓는 것 같아서 정말 홀가분합니다.

게다가 이렇게 많은 분들이 저의 퇴근을 축하해주니 저는 정말 행복합니다.

여러분, 성공한 대통령이었습니까?"

**Episode ── 8**

# Episode

연대하는 풀꽃처럼,
굳건한 나무처럼

8

| 오종식 | 대통령님은 가급적 밭으로 다 쓰고 싶어했는데, (손으로 가리키며) 이 부분이 아직 서로 결론이 안 난 부분이라서. (웃음) 여사님 다치시고 나서 대통령님이 여사님을 위해 꽃을 (심었어요). |

| 문재인 | 여기 꽃이 예쁘네. 꽃이 이렇게 예쁘게 펴. |
| 문재인 | 저쪽 밑에 산당화도 한 송이 폈어. |
| 김정숙 | 어디에? |
| 문재인 | 빨간 게 보일지 모르겠네. |

| 신혜현 | (갑자기) 신혜현! 이렇게 부르시는 거예요. 대통령님이 절대 반말을 안 하시거든요. 혜현 씨, 신 비서관, 이렇게 하시는데. 무슨 일이 있나? 깜짝 놀라서 '대통령님 왜 그러세요?' 그랬더니, 여기 목화가 피었는데 보라고. 갑자기 저를 다급하게 그냥 이름으로 부를 정도로 그 목화솜이 탁 터져 나온 순간을, 대통령님이 그걸 보여줬을 때가 지금 양산 생활에서 가장 기쁜 순간이었던 것 같습니다. |

| 문재인 | 제일 중요한 역할 하는 거야, 물 주기. 나무 심을 때 제일 중요한 역할. |
| 신혜현 | 네네. (웃음) 우리 물 조리개 하나 장만해야 하는 것 아닌가요? 너무 없어 보이잖아요. |
| 문재인 | 뒷마무리는 신혜현한테 맡기고 우리는 가자.<br>그런데 어느 세월에 자라겠노? |
| 신혜현 | 저게 이만큼 커질 때까지 건강하게 오래오래 사셔야죠. |

| 문재인 | (이름팻말을 만들어 가져와서 땅에 단단히 꽂으며) 금사슬나무. 하하하. |

5년간 이룬 성취,

대한민국 국민이 함께 이룬 대한민국의 성취가

순식간에 무너지고 과거로 되돌아가는 모습들을 보면서

한편으로 허망한 생각이 들죠.

정치에 참여한 것이 후회가 될 때도 솔직히 많고요.

특히 정치하는 동안 주변 사람들이……

굉장히 많은 상처를 받았잖아요.

김경수 지사가 겪은 고초나

조국 장관이 겪고 있는 고초는 이루 말할 수 없고,

요 근래에도 서훈 실장이나

당시에 함께했던 장관들이 겪고 있는 고초를 생각하면……

정치에 참여한 것이 후회될 때가 많이 있습니다.

## Staff

제공  **다이스필름**
배급  **엠프로젝트**
제작  **다이스필름**

제작  **김성우**
감독  **이창재**
조감독  **최혁진**
피디  **김민정**
구성  **이창재**
취재작가  **도상희**
촬영  **윤종호 김민정(양산) 김동욱 이창재 최혁진**
편집  **김형남 이창재**
프리뷰어  **김은경 최은영 김애린 이은경**
음악  **조성우**
작곡  **조성우**

**책에 소개된 인터뷰에 참여해주신 분들 (가나다 순)**

**강경화** 전 외교부 장관
**강민석** 전 청와대 대변인. 전 정치부 기자
**권혁근** '법무법인 부산' 동료 변호사
**김기문** 문재인 팬클럽 '문팬' 전 대표
**김수진** 전 청와대 사진기록행정관
**김수현** 전 청와대 정책실장
**김외숙** '법무법인 부산' 동료 변호사
**김의겸** 전 청와대 대변인
**김상조** 전 청와대 정책실장
**김창호** 교수. 고교 동문

**도종환** 전 문화체육부 장관

**문성현** 전 경제사회노동위원장

**박성우** 사저비서관. 시인

**박수경** 전 과학기술보좌관

**박수현** 전 청와대 국민소통수석

**박지원** 전 국가정보원장

**설동일** 전 부마민주항쟁기념재단 상임이사. 부림사건 피해자

**송인배** 전 청와대 제1부속비서관

**신동호** 전 청와대 연설비서관

**신혜현** 사저비서관

**오종식** 사저비서실장. 전 청와대 기획비서관

**윤건영** 전 청와대 국정상황실장

**윤재관** 전 청와대 국정홍보비서관

**이재종** 사저비서관. 전 청와대 행정관

**이지성** 문재인 팬클럽 '문팬' 운영위원

**이진석** 전 청와대 국정상황실장

**임종석** 전 청와대 비서실장

**장원덕** '법무법인 부산' 사무국장

**정은경** 전 질병관리청장

**조한기** 전 청와대 의전비서관

**진성준** 전 청와대 정무기획비서관

**최성준** 전 청와대 기동비서관

**최수연** 사회운동가. 문변호사와 함께 사회단체 활동

**최종건** 전 국가안보실 비서관

# 문재인입니다

초판 1쇄 펴낸 날  2023년 9월 15일

원   작    다큐 영화《문재인입니다》
펴 낸 이    장영재
펴 낸 곳    (주)미르북컴퍼니
자 회 사    더휴먼
전   화    02)3141-4421
팩   스    0505-333-4428
등   록    2012년 3월 16일(제313-2012-81호)
주   소    서울시 마포구 성미산로32길 12, 2층 (우 03983)
E - mail    sanhonjinju@naver.com
카   페    cafe.naver.com/mirbookcompany
인스타그램    www.instagram.com/mirbooks

* (주)미르북컴퍼니는 독자 여러분의 의견에 항상 귀 기울이고 있습니다.
* 파본은 책을 구입하신 서점에서 교환해 드립니다.
* 책값은 뒤표지에 있습니다.